ゆめのほとり鳥

九螺ささら

新鋭短歌

ゆめのほとり鳥*もくじ

気配、またはあの世の手触り

置き物は真夜中にだけ猫になる猫はしばしば置き物になる

スリッパはいつも誘《さそ》っているようで履くとどこまでも誘《いざな》われる

大江戸線のエスカレーター上ってくこの世の時間を巻き戻しながら

右手用ミトンだけが三つもありこの部屋はバランスがいびつ

「ルシオラはゲンジボタルの学名」と遺言のごとく先生は言う
あくびした人から順に西方の浄土のような睡蓮になる

鳥避《よ》けのＣＤ揺れる銀河色　四億年前の記憶のごとく

時空からしたたった泡我というかりんとう好きの有機体である

「ホーキング、死去」に違和感あの方は唯一ワープで「ここ」を去れる人

《非常口》の緑のヒトは清潔なきっとわたしの運命の人

雪の降る砂漠にほかほかの駱駝この世の最後の生物のごとく

失った時間をチャージするためにサービスエリアがあるたび止まる

痛いとか暑いとか体が邪魔する体がなければ此処にいないのに

あす死ぬとして冷蔵庫の中の一本のきゅうりをどうしようか

「世界観が世界を造っているのです、世界が世界観を、ではなくて」

鹿の角は神に埋め込まれし受信機この世の外から信号が来る

エレベーター昇りきるとき重力はとうめいになる　シリウスが近い

耳鳴りを「蟬時雨のよう」と言う人耳に俳句を飼っている人

点過去と線過去のあるスペイン語思い出は点と線で描かれる

差出人の住所は〈砂町蜃気楼〉春霞みの中封筒を開く

銀行は異様に冷えて四角くて氷河期のことを思いだしてる

神経の集合が脳であるように存在は時空間の貯水池

テトリスの棒が空から降りやまずトラブルは満期を迎え消える

らふれしあはラフレシアとは別の物らふれしあを手にお見舞いにゆく

地球人の洗濯機の遠心力が冥王星を遠ざけている

「ほとんどは個人にとっては無駄ですよ？　でも宇宙には必須過去になる」

混沌と秩序はカオスとコスモスで二つは互いの叩き台である

くりかえす陸風と海風のようにブランコがゆれるゼロになるまで

ひとすじに飛び込み台から落ちてゆく人の形をした午後の時間

手袋を植えた場所からさよならが生えてきてそよそよ戦《そよ》いでいる

耳鼻科には絶滅種たちの鳴き声が標本のごと残響してる

ルーシーに「忍者っているの？」と聞かれ「少なくなった」と答えるわたし

ドアスコープの魚眼レンズを覗いたら一滴《ひとしずく》のこの世が見えた

地の上ののりしろとして決然とガードレールは結合を待つ

「お気の毒に」と言われて整体院へゆくデトックスコースに曼陀羅図あり

公園は散歩のためにある幻公園を出ると散歩が消える

日曜の歩行者天国から空へレジ袋天使が旅立ってゆく

「ほなさいなら」「せなあかん」などを聞いた夜アルミホイルはおしなべて銀河

鬱病を乗り越え復職した同僚幾何学模様のネクタイをして

オーロラは電気のカーテン梅雨明けのオーロラソースは虹の味する

「牛乳を鍋で沸かしたとき出来る膜をあつめるしごとしてます」

月食のよるはあかりを消したまま食パンちぎる裸足人間

現実の駅名並べ「あいのない」「おまえだ」「ごめん」「ほしい」「しね」になり

十月の新月の夜の探しもの探してるうちに自分が消えた

引き出しを開けるとばあばが一生をかけて集めたこの世の袋

アーモンドやラグビーボールの形した目の生き物が多いこの星

哺乳類偶蹄目の皮コート内ポケットにはドナーカードあり

逃げ水を追いかけていて途中から鏡に迷い込み一億年

（なんだろう、これは…）と呟き1号は自身の涙で錆びついていった

わたしと名付けしこの熱は今朝もキツネ色のトーストを欲しがり

「こっちだけ現実だと思い込んでる。でもなんであっちが夢と言える？」

「量子力学的にも愛は愛でしかなくて…」と先生は黙った

電話から波音だけが聴こえてる全人類を産みし羊水

「副業は、英語で『ムーンライト』です」最後の希望のごとく書かれて

閉じた脳閉じた宇宙と同じもの我は目を閉じ宇宙を見てる

失踪の願望を隠し改札を出たり入ったりくり返してる

窓口に向かってクチバシを突き出し「すべての鳥を解放しなさい」

インコのようなものが舞い降りてきてずっといるからずっと撫でてる

シナモンロールという思想

春を練りシナモンロールに焼き上げる仕方ないことを仕方なく思う

目玉焼きが真円になる春分は万物が平等になる一日《ひとひ》

頭痛持ちのズッキーニは温められてミネストローネに変身を遂げる

いまなにか消えた気がしたシューマイのグリーンピースのようななにかが

植物園を菜食主義者の人とゆく「これは食べられる」「あれは毒です」

離陸したとたんはらぺこになったから空中にて鳥の肉を頼む

エクレアはしっとり怒っているみたい怒りとは雄の発情の表情《かお》

醤油入れの醤油は幽閉された夜一滴ずつ解放される朝

牛乳をこくこくと飲む新しいまっしろな時間を体に入れる

アメリカンドッグにつけるマスタード秋を付け足すように付け足す

冒険家の土産話を聞くような「サウザンドアイランドドレッシング」

焼き菓子のための卵白泡立てて初冠雪のニュース聞いてる

テロメアの長さがすなわち寿命らしお好み焼きにかつおぶし踊る

山椒は柑橘類であると知る両親はかつて恋人同士

もう一生かなわない夢甘くされ瓶入りのマーマレードジャム

正月のような一斤の食パン立方体の閉じられた白

気付いたり傷付いたりして秋ふかくスイートポテトの焦げ目美し

マカロンの繁殖期である弥生にはころんとしあわせが転がっている

凹凸の見本としてのワッフルはレゴブロックにあこがれている

雪国の門をフリーズドライして祈りを吹き込んだ棒寒天

紅茶葉から煙りのように色の出て湯に夕焼けが広がってゆく

梨の実をしゃりしゃりと食む霜柱を踏んでいるような歯触り

ムニエルにするための鰈片側に二つある目と目の合う霜月

愛された記憶のごとく金色で甘く凍えるマロングラッセ

生ぬるいコーヒーゼリーにクリームが混じってゆくように朝が来る

水飴のごとき水面《みなも》に挿されたるオールは水を練り上げてゆく

舟と浮力と

ばらばらなわたしはきみと目が合うたび縫い合わされシーツになってく

独房の我の裸体の窓である穴がだれかとつながる弥生

前世では戦《いくさ》で死に別れたらしく目が合ったまま外せない二人

土踏まずがじわじわえぐれ地に足のつかない生活あの人が欲しい

ふつふつと冬虫夏草が脱皮する命を懸けて告白をする

とつとつと赤裸々半生語り出す海沿いのラブホテル「ドルフィン」

チューニングするようにきみに凝視され二人の波動が一致してしまう

首筋をたどる冷たいきみの指やがて溶け出しとろりしたたり

鳩尾に潜む鼬の目の開くわたしはナニカと交尾している

貫かれ脳がバターになってゆく来世のじぶんがぬるく波立つ

ほどけるとふたりそれぞれかたつむり両性具有の軟体動物

ぴったりきみと重なった翌朝は陽炎のセーターを着ている

吊り橋が風と共振するようにふたりのこころが共鳴してる

恋人のささくれの中指をしゃぶるそこから魚にならないように

ペニンシュラ、半島または愛されてもう戻れない女の体

空腹の栗鼠のわたしに栗鼠である彼が口から団栗くれた

轟轟《ごうごう》ときみの中で燃える焔を暖炉のごとく我は聞きけり

一日じゅうふりこを眺めつづけたらこれと似た恍惚になるでしょう

永遠に同じ感度でいられるように二人の主食は緑のゼリー

「なつかしい……」きみが呟くときときみは過去にさらわれすこし薄くなる

銀の匙をプリンに挿入してゆくとわたしからあふれるカラメルソース
魂の刺し身をきみにもてなして契っては消える命のじかん

鳥カゴの中に置かれた新たな水彼から着信メール一件

擬態した虫のようにに沈黙をしてわたしは彼と同じ皮膚になる

あの人がぽかぽか笑っていることをガラス越しに確認して帰る

買ってきたうずらの卵をかきまぜて恋人の性器の傷にたらす

人体は熱製造所にて刻刻と発熱しながら愛しつづける

ゆびさきでライチの皮をむいてゆくしたたる南の雲が現れる

牛の舌か自分の舌か彼の舌分からなくなったそれを嚙み切る

言いたくてどうしても言えなかったこと深層心理に積もる雪のこと

脇の下から梯子形をした真っ白な栞を出して彼は微笑む

約束をしないつもりで生きてきたでもあの人とは約束したい

約束は薬草に似て生えてくるいつか言葉を埋めた場所から

舫《もや》われた二艘の舟として生きるきみの存在がわたしの浮力

フェルマータの意味は「バス停」

球根に水のみ吸ってクロッカスおんがくに似た形に開く

二胡の音が黄砂の中に含まれて大陸への郷愁を伝える

不要だと集められたる六千のピアノが奏でる〈乙女の祈り〉

桜湯は水中花なりゆらふわと水のリズムで風を歌いける

マリンバは木なのにゆれる水の音シエスタの夢のなかの湖

アスパラガスは小太鼓のバチ叩くべき小太鼓がなくて茹でられてゆく

オカリナとピッコロが梢に止まって鳥のさえずりを耳コピしてる

曲は川、クレッシェンドとデクレッシェンドのあいだを鮭が遡上している

フィヨルドはアリアの楽譜ソプラノの歌手は曲線をビブラートにする

サックスのプレイヤーたちはサックスの音色と同じ声になってゆく

256日間の共同生活

舌を出す内気な彼女舌先がイモリみたいで両生類めく

おんなから細胞分裂した二人「るるる」と鳴けば「るるる」応える

初潮の日草原にじっと隠れてたみどりに抱かれ壊死する少女

「たどり着くべき幸せは縁側で猫を撫でながら死ぬおばあちゃん」

おやゆびとひとさしゆびで摘むミント（痛い）と言うように香りがする

「とんでもない、とんでもない」が口癖の彼女のピアスの穴は12個

敬虔なキッチンペーパー信者としてレタスの両面から水気を取る

降りつづくショパンのピアノ♯《シャープ》、♭《フラット》、彼は半月音信不通

ブラウスの胸のボタンを外してく彼女の指のマニキュアの青

「恋愛は人質ごっこ、そうでしょう?」黒胡椒をパスタにかけながら

紅茶には生産地の名が付けられてティーバッグは手動揺りかご

「なんでまた懐中電灯買ってるの？既にここには三個あるのに」

蛞蝓《なめくじ》に塩ふりかけて無くなるのを一人で見ている人を見ていた

美しいものが正しいそう思うたとえばドクダミの白の十字

「フコイダン、壇蜜」というしりとりを何度も何度も噛み締める彼女

「たたむ」とは宗教であるTシャツも折りたたまれて偶像になる

「いつかこの丘の上に家建てたいね」カレンダー5月のイラストの丘

決して性愛にならない異性と水族館で哺乳類を見る

「聞こえない？耳鳴りかなあ何だろう追いかけてくる誰かの足音」

雲製の毛布をかける手つきして「だいじょうぶだよ」と抱きしめている

糸を吐く蚕のように「でもわたしいままでがまんしてきちゃったから」

「たとえばね、砂糖と塩が混じったら砂糖と塩には分けられないでしょ」

暖を取るように体を貪って二人の乳房の先が尖って

「でも…」というクッキーの欠片のような言葉が部屋に散らばってゆく

おそろいのゆれるピアスを渡されて「別れても死ぬまで持ってること」

あの人が朝食のパンにつけるバターがずっとなめらかでありますように

ゆめとげんじつの重なった場所にある街のこと

おとといの夢をはみ出た白鳥座がパンタグラフになり火花散る

新品の鞄に水曜日を詰めて理想の恋人に会いにゆく

「ハープとはゆめのほとり鳥の化身です」余命二ヶ月の館長は言う

ATMは（あす絶える街）の頭文字すべての預金口座からおろす

まぼろしという言葉浮かぶたび痛いような居たいような気がした

絶望が等差数列に並んで電線に止まって見下ろしている

「ギリシャ語でパンタグラフはすべてをかくもの《πανταγΡαΦ》」と手の甲にメモする

ランナーズハイを迎えたランナーが光より速く未来にゆく

シューティングゲームの後の流星群神様たちもゲームしている

表札はことごとく「佐藤」あの人もあの人もたぶんわたしも佐藤

ひび割れたマカロニ降り出して梅雨入り佐藤さんが傘を貸してくれる

ひっそりと飛行船は空に張り付き銀色のシーラカンスになった

「あそこにはえいえんの日曜があって迷子案内所は満員」

ベン図の円の重なったところと同じでここにしかないものはない

「やめなさいそんなに∞《無限大》を描くとビッグバン前に戻ってしまう」

門柱に「犬」のシールがある家の犬には絶対音感がある

〈クラインの壺売ります〉という看板〈クラインの壺買います〉の横に

南極ですかいいえコンビニですペンギンですかいえコピー機です

視力検査を待つ列が街をはみ出して街の外が視覚化されてゆく

横書きの樅《もみ》の木を縦書きにすると樅の木はやがて縦の木になる

調香師養成学校の裏手いのちの匂いの湧き出る泉

ハニカムの形のベンチが無数ありどうやって座るのか分からない

招かれてチーズフォンデュの会にゆくドレスコードはチーズ色の肌

水のない水差し売り場の水差しにとって水とは概念である

「アリバイは我我の存在の仕方」佐藤が言って佐藤がうなずく

駅前の銅像たちの同窓会全員裸、身動きもせず

「その川は逆因果の川、下流から上流に過去を水に流します」

リコリスとコキアは思い出したくて思い出せない思い出の名前

遺跡には「不動産」と黒で書かれたゲル化した太古の看板

編みぐるみに凝りだして百年になります指も全身も編み目状です

神無月のはじめの二分メビウスの輪になっている街の陸橋

目に沿って畳を掃いて毛に沿って犬を撫で道徳と愛が育つ

ほとりにはずっと鳥がいるきみに似たまたはわたしそのものの鳥

「この現実」は実験室の水槽の一つの脳が見つづけてる夢

キルトカバーを縫いはじめるととちゅうから青空や夜を追い越してしまう

「なぜだろう、鳥の死体って見ないね」長月の坂道はとても長く

金柑がそこここにこぼれ落ちている時間の国の金貨のように

ソーセージとぬいぐるみだけの町のこと「詰め物新聞」夕刊で知る

夜の中に薔薇は薔薇のまま香ってる人は死んでも見えないだけだ

屋上で雲つかむような昼休み「土星は水に浮くんだってね」

桃源郷が売られているような気配の無人駅前の午後の乾物屋

回覧板を開くと「つづく」と書かれてる閉じて佐藤さん宅に渡す

宇宙へのアクセスとしての眠り

眠気から眠りに落ちるそのあいだユーモレスクの空港がある

目を閉じて輪郭のない無限世界眠って宇宙へアクセスをする

なにぬねので出来ている眠りの世界は生まれたてのわたしが眠ってる

存在維持発電だけをするために目蓋を閉じて自分に沈む

真ん中に蓮の花一つ咲いている宇宙とまったく同じ大きさの

だんだんと枕に眠りの吸われゆき枕が夢を見るようになる

あたたかなオニオンスープと眠りとの相似について朝まで語る

夢の中で書き続けている日記ありわたしが読めるのは永眠のあと

夢の中は千年が経ち廃墟には記憶の亡霊たちがただよう

不眠症の人たちは眠りを貯蓄し宇宙の外と交信をする

春先の17ヘクトパスカルの気圧

ストールを首に巻く人あまたいて風の国からの使者然として

タオル地は春の草原手のひらが安心してあおむけに寝そべる

三月は「急がば回れ」月間か皆がゆっくり階段を上がる

エプロンの誕生月はエイプリルエプロンを身につけ四月を招く

蝶番売り場にて足を止められて見つめる蝶の飛翔の化石

鮫肌の何かがベッドに潜り込み産卵をして帰った気配

履歴書に一行あるは「ベジタリアン」ひきこもり十年という青年

モビールは量っていますあさってと今とどっちが大切なのか

揺れていて菜の花の匂い漂って頭の中が黄色くぬるい

ふかみどりの付箋紙のあり木を植えるように頁の右端に貼る

新陳代謝の激しい友といて雪降り出しそうに息苦しい

フェンネルの和名が茴香《ういきょう》であることそのことがしずかな福音のよう

やわらかな石膏のごとき白イルカ優しい気持ちが体の形

教会のパイプオルガンの音色が光のプリズムめく立春の日

白い鳩真昼の空に一億羽そんな一瞬のような雲あり

読書してひよこ豆スープを煮込む読書してひよこ豆スープを煮込む

繰り返し神経衰弱したあとでソウルメイトにふわっと出会う

ふさふさの群青色が流れてく空は一頭のさみしい馬

「ひじ」と「ひざ」を一文字こっそり替えられて肘の内側が膝を身籠る

屋上は鳥になるための練習場　部長は屋上に行ったままです

目にしたら読まずにはいられない言葉「クレームブリュレ」は卯月のじゅもん

「ヒメジョオンと鉄道草は同じもの」恋人はしばしば植物博士

脈を打つ手紙まっしろな全身ペーパーナイフで開腹してく

蝶たちは往復葉書になり損ね風の出欠を伝えています

畳まれた浮き輪はたぶん比喩でしょう頑張れないまま死ぬことだとかの

精霊の足あととして手袋は人手をはなれ平たくありぬ

薊《あざみ》から魚が亡命していって草冠と刀の王国

「ああアれは回旋塔って言うのね」と初恋の人を思い出すように

楽譜には「ゆっくりと」「生き生きと」などと精神科医の助言のように

アボカドのサラダを頼むアボカドはぬるい後悔の舌触りにて

前にしか進めぬトンボのブローチを心臓辺りにつけて生きてく

回転は春を告げてる風見鶏は回転しすぎて春を生み出す

海沿いの公衆電話に縄文のヴィーナスからの受胎告知あり

洋館の庭師の休日朝サラダ昼サラダ夜に月のポタージュ

島と鳥、　ときに島あるいは鳥たち、　飛び立つには別れが必要

畳替えしてゆくように春になりプールに水が充ちて夏になる

解説　スーパー言葉派

東　直子

九螺ささらさんの名前を初めて覚えたのは、十年ほど前のNHKラジオの番組、「夜はぷちぷちケータイ短歌」だった。私は、穂村弘さんなどと共に、月に一度のペースで歌人ゲストとして歌を選び、出演してコメントを述べていた。ラジオ番組では毎週テーマが決められていて、それに沿った作品を送ってもらっていたのだが、誰の作品にも似てない、独自のセンスの歌の数々が「九螺ささら」という不思議なペンネームとともに次々に送られてきて、注目していた。毎週ほとんど採用されていたように思う。番組は五年ほど前に終了したが、九螺さんの名前は、ずっと覚えていた。

二〇一五年から「公募ガイド」で短歌の投稿欄を持つことになったのだが、そこに九螺さんの新作を久しぶりに読んだ。

独房の我の裸体の窓である穴がだれかとつながる弥生

この一首は、題詠「窓」で詠まれた作品。その月の特選作品に選んだ。このときの選評では、「自分の裸体を『独房』に見立てたところに凄みを感じた。自分に対する戒めの気持ちがこの言葉を選ばせたのだろうか。セックスが他者の肉体を受け入れるということに着目し、そこに宿る悲しみと希望の両面を浮き彫りにした。」と書いた。「独房」という見立ては、自分一人の魂が、閉じこめられて苦しんでいるような感覚を覚える。身も蓋もないほどの客観性で身体を捉え、それ故に感じ取れる新しい感性に瞠目した。結句の「弥生」という選択も絶妙で、いろいろなことがリセットされる切り替わりの時期であり、新しい命が芽生えていく早春であることと、「弥生時代」という古い時代の原初的感覚も呼び覚ましてくれる。九螺さんは、主観的な喜怒哀楽からは距離を置いたところから、言葉がまとっている寓意性と音感を巧みに生かしつつ、他の誰にも作ることのできない、独特の世界観のある作品を作りつづけている。

《非常口》の緑のヒトは清潔なきっとわたしの運命の人
ドアスコープの魚眼レンズを覗いたら一滴《ひとしずく》のこの世が見えた
地の上ののりしろとして決然とガードレールは結合を待つ

「非常口」に書かれた緑色の人物。ドアスコープの魚眼レンズを通した視界。道路に沿う白いガードレール。どれも誰かが日常的に目にするものだが、これらの歌を読むと、その日常の風景が、ひどく不思議なものに変化してしまう。平たい二次元の「緑のヒト」は立体化して「運命の人」となり、魚眼レンズの先の世界は、水につつまれたもうひとつの「この世」になり、「のりしろ」の役目を与えられた「ガードレール」によって、地上の世界が折り紙のような二次元になってしまう。

つまり、世界がまるで違ったものに見えてしまうのだが、その見え方が、ユートピア的でも、ディストピア的でもないところに着目したい。九螺さんは、恣意的ではないのだと思う。ただ、そのように感じたから、思う通りに描いているだけなのではないかと。一見奇想天外ながら不思議な説得力を持っているのは、それらの言葉の処理の中に、細いけれども確かな一本の糸のような論理が通っているからだろう。災害時に非常口へ案内してくれる人は、自分の命運をあずける「運命の人」である。「魚眼」のレンズならば、水滴は纏っているだろう。大事故から車を守るガードレールは、命を守るための、道と道以外の境界線としての余白なので「のりしろ」と言い換えてもいい。絶妙な言葉選びなのだと分かる。九螺さんは、〝スーパー言葉派〟と呼ぶのにふさわしい歌人なのだと思う。

本書の少し前に、九螺さんの初めての著書『神様の住所』が朝日出版社から出版された。「ゲシュタルト崩壊」「両生類」「まちがい探し」などをキーワードとして、九螺さんの短歌とエッセイを組み合わせた示唆深い一冊である。「ものごころ」という項目では、「『ものごころ』という言葉に、幼い頃から引っかかっていた。／今も引っかかっている。／たぶん音的には、「ふるさと」に近い「音楽」なんだろうと思う」と書いている。九螺さんは、「ものごころ」の言葉から、音楽的に「ふるさと」を感じ取っている。意味と音楽性が一体化する現象は、今回の歌集でも同様に起きていると思う。

「ハープとはゆめのほとり鳥の化身です」余命二ヶ月の館長は言う

表題作の一首。ハープは、原初的な楽器であるがゆえの美しさがある。優雅な曲線の枠に、長さの異なる弦が張られてぴんと真っ直ぐにそろっている様子は、大きな翼のようで、確かに鳥の化身のようである。この比喩を思いついた時点で、多くの歌詠みは満足すると思うのだが、九螺さんはそのことを告げる人物として「余命二ヶ月の館長」を設定する。死が迫っている人が述べた言葉としての重みとともにその人が「館長」であることに特殊な思い入れを見る。おそらく博物館や資料館のような、マニアックな知識を蓄えた場所の館長なのだろう。自分が知っている摂理の最も美しい部分を、最後にうっとりと言い残しておこうとしているようである。この「館長」は、詩人の暗喩としても読める。そしてそれはそのまま九螺ささらという歌人の、創作にこめた願いでもあるのではないだろうか。

（なんだろう、これは…）と呟き1号は自身の涙で錆びついていったこの歌は、「ロボット」のテーマ詠に寄せられた作品である。このときは「ロボット用人間講座最終講〈自らの死を知り、受け入れる〉」など、ＳＦ的な切り口の、ロボットをめぐる物語としての歌とともに読んだ。ロボットが流すはずのない涙を流して驚く、というエピソードそのものは古典的ともいえるが、あくまでも知識の与えられていないロボットの描写のみに絞っているために、ぐっと引きつけられる構図になっている。感情移入しがちな素材を、冷静に見通して歌にまとめあげることで、その存在が秘めている真実へと到達できるように思う。

「なぜだろう、鳥の死体って見ないね」長月の坂道はとても長く
エプロンの誕生月はエイプリルエプロンを身につけ四月を招く

長月だから坂道が長い。エプロンとエイプリルは似ている。ともすると駄洒落にも見えるような言葉遊びだが、決して明るく笑えるようではなく、もやもやする。なぜそれが「鳥の死体」とつながるのか。エイプリルとエプロンが渾然とした先になぜ「四月」を「招く」のか。なぜそんなことを思いつくのか、まったく分からない。しかし、なぜなんだろうと考えているうちに、この、どこかヘンな世界に入りこみ、自明のこととして長月の長い坂道を歩き、エプロンをつけて四月を招いているのだ。

いろいろと訊いてみたくなることがあるが、きっとこれらの作品は、詮索しすぎてはいけないのだろう。一緒に追体験するような気持ちで言葉に巻き込まれていけばいいのだと思う。「編みぐるみに凝りだして百年になります指も全身も編み目状です」では、指先からだんだん全身が編み目状になる感覚を想像すればいいのだし、「金柑がそこここにこぼれ落ちている時間の国の金貨のように」では、時間を可視化している、落下した金柑の放つ可憐な黄色い光を味わえばいいし、「新陳代謝の激しい友といて雪降り出しそうに息苦しい」では、新陳代謝の激しさを雪の降る前の曇天の重さとして体感すればいい。

「ああれは回旋塔って言うのね」と初恋の人を思い出すように

とても好きな歌である。「回旋塔」は、遊園地などにある回転する遊具。この言葉は、私にとってはなじみ深いものではないが、響きとイメージの魅力は理解できるため、「初恋の人」のように、大切に、深く想うことができる、ということの美しさに感動する。同じものを見ても、自分とは違う感慨を持つ人がいる。違うけれども共鳴はできる。

九螺さんが見つけてくれた、今まで見えていなかった美を味わうために、今後何度も読み返すことだろう。

あとがき

ゆめのほとりに鳥がいることに気づいたのは、いつだったのだろう。

ずっと、いる。羽根があるのに飛び立たず。飛び立てず。

たぶん、同じ鳥なんだと思う。

ゆめの中の世界はよく変わるけれど、「ゆめのほとり鳥」だけは、いつも同じ場所にいる。

「宇宙はどこも宇宙の端だ」という説と、「宇宙はどこも宇宙の中心だ」という説があるらしいけれど、「ゆめのほとり鳥」も、端なのか中心なのか、分からない。

でも、いる。永遠のようにいる。

厳然と。それぞれひとりぼっちで。


あれはわたしそのものか、または世界そのものだ。


あの鳥たちに、「実際に」会いたいと思う。けれど、あの鳥たちに「実際に」会うと、「わたし」か「世界」が消えるのだろうと感じる。

ゆめのほとり鳥はゆめを見ている。「こちら」を見ることはない。

気づかれてはならない。目覚めさせてはいけない。気づいて目覚めたら、飛び立っていって（「すべて」が消えて）しまうから。

夢が、不思議でたまらない。「生きているわたし」という感覚も、同様に不思議で仕方ない。

短歌は、「不思議」と相性がいいと思う。『ゆめのほとり鳥』でわたしは、「不思議」を表現してみた。また、小説的世界も描いてみた。

言語は、単語の語順で意味が変わる。「わたしはあなたが好き」と「あなたはわたしが好き」では世界が違う。

短歌の連作も、並べ方で意味が変わる。世界が変わる。今回、その醍醐味に改めて気づいた。

監修者で、『短歌パラダイス』（小林恭二・著／岩波新書）で初めてその存在を知ったときから憧れの存在で、表紙画も描いてくださった東直子さん、通信機器としてガラケーしか所有していないわたしに丁寧に対応してくださった書肆侃侃房の田島安江さん、黒木留実さん、夢と現実の狭間の雰囲気をデザインで表現してくださった東かほりさんに感謝いたします。

この歌集は、これからのわたしの故郷になります。

読んでくださった方にとっても、そうなりますように。

二〇一八年七月

九螺ささら

■著者略歴

九螺ささら（くら・ささら）

神奈川県生まれ。

青山学院大学文学部英米文学科卒業。

2009年春より独学で短歌を作り始める。2010年、短歌研究新人賞次席。

2014年より新聞歌壇への投稿を始める。2018年6月に初の著書『神様の住所』（朝日出版社）を上梓。

座右の銘は「できるようになる唯一の方法は始めること」


「新鋭短歌シリーズ」ホームページ　http://www.shintanka.com/shin-ei/

新鋭短歌シリーズ40
ゆめのほとり鳥《どり》

二〇一八年八月十一日　第一刷発行
二〇一九年一月二十一日　第二刷発行

著　者　九螺ささら
発行者　田島安江
発行所　株式会社 書肆侃侃房（しょしかんかんぼう）
〒八一〇・〇〇四一
福岡市中央区大名二・八・十八・五〇一
TEL：〇九二・七三五・二八〇二
FAX：〇九二・七三五・二七九二
http://www.kankanbou.com　info@kankanbou.com

監修・装画　東 直子
装　丁　東かほり
DTP　黒木留実
印刷・製本　株式会社西日本新聞印刷

ISBN978-4-86385-327-0　C0092

新鋭短歌シリーズ ［第4期全12冊］

今、若い歌人たちは、どこにいるのだろう。どんな歌が詠まれているのだろう。今、実に多くの若者が現代短歌に集まっている。同人誌、学生短歌、さらにはTwitterまで短歌の場は、爆発的に広がっている。文学フリマのブースには、若者が溢れている。そればかりではない。伝統的な短歌結社も動き始めている。現代短歌は実におもしろい。表現の現在がここにある。「新鋭短歌シリーズ」は、今を詠う歌人のエッセンスを届ける。

43. The Moon Also Rises　五十子尚夏

四六判／並製／144ページ　定価：本体1,700円＋税

世界は踊りだす

アメリカの風が香り、ちはやぶる神対応がある
現代短歌の美をひらく新鋭歌人の登場　—— 加藤治郎

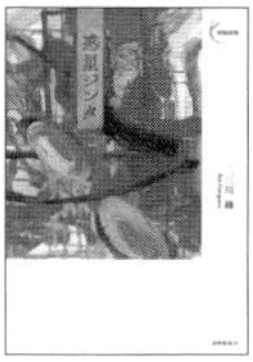

44. 惑星ジンタ　二三川 練

四六判／並製／144ページ　定価：本体1,700円＋税

魂はどこにでもいける

生と死の水際にふれるつまさき。
身体がこぼさずにはいられなかった言葉が、立ち上がる。—— 東 直子

45. 蝶は地下鉄をぬけて　小野田 光

四六判／並製／144ページ　定価：本体1,700円＋税

放物線をながめるように

見わたすと、この世は明るくておもしろい。
たとえ何かをあきらめるときであっても。　—— 東 直子

好評既刊　●定価：本体1,700円＋税　四六判／並製／144ページ（全冊共通）

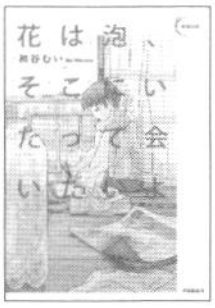

37. 花は泡、そこにいたって会いたいよ
初谷むい
監修：山田 航

38. 冒険者たち
ユキノ 進
監修：東 直子

39. ちるとしふと
千原こはぎ
監修：加藤治郎

40. ゆめのほとり鳥
九螺ささら
監修：東 直子

41. コンビニに生まれかわってしまっても
西村 曜
監修：加藤治郎

42. 灰色の図書館
惟任將彥
監修：林 和清

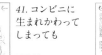

新鋭短歌シリーズ

好評既刊　●定価：本体1700円＋税　四六判／並製（全冊共通）

[第1期全12冊]

1. つむじ風、ここにあります　木下龍也
2. タンジブル　鯨井可菜子
3. 提案前夜　堀合昇平
4. 八月のフルート奏者　笹井宏之
5. NR　天道なお
6. クラウン伍長　斉藤真伸
7. 春戦争　陣崎草子
8. かたすみさがし　田中ましろ
9. 声、あるいは音のような　岸原さや
10. 緑の祠　五島 諭
11. あそこ　望月裕二郎
12. やさしいぴあの　嶋田さくらこ

[第2期全12冊]

13. オーロラのお針子　藤本玲未
14. 硝子のボレット　田丸まひる
15. 同じ白さで雪は降りくる　中畑智江
16. サイレンと犀　岡野大嗣
17. いつも空をみて　浅羽佐和子
18. トントングラム　伊舎堂 仁
19. タルト・タタンと炭酸水　竹内 亮
20. イーハトーブの数式　大西久美子
21. それはとても速くて永い　法橋ひらく
22. Bootleg　土岐友浩
23. うずく、まる　中家菜津子
24. 惑亂　堀田季何

[第3期全12冊]

25. 永遠でないほうの火　井上法子
26. 羽虫群　虫武一俊
27. 瀬戸際レモン　蒼井 杏
28. 夜にあやまってくれ　鈴木晴香
29. 水銀飛行　中山俊一
30. 青を泳ぐ。　杉谷麻衣
31. 黄色いボート　原田彩加
32. しんくわ　しんくわ
33. Midnight Sun　佐藤涼子
34. 風のアンダースタディ　鈴木美紀子
35. 新しい猫背の星　尼崎 武
36. いちまいの羊歯　國森晴野